JN059665

今は令和と申すのか

——逢瀬、再び——

おおいわ美紅
OIWA MIKU

幻冬舎MC

今は令和と申すのか　～逢瀬、再び～

はじめに

この度は本書をお手に取ってくださり、ありがとうございます。

世の中には、不思議な体験をされる方が少なからずいらっしゃることと思いますが、どうしたわけか、私もその中のひとりになってしまったようなのです。霊とかが見える、というわけではありません。けれどもまさか、こんなことってあるの……?的な信じがたい出来事から、「多次元に生きる」を体験中のようです。夢なのか、妄想なのか、本当に現実なのか、時間を超えてしまっているのかさえもあやふやな感覚で。でも、体験しているのは私でした。

そんなわけで、こちらの物語は、ある戦国武将との共著といっても過言ではありません。どうぞ最後まで、このフィクションをお楽しみいただけましたら幸いに存じます。

目次

今は令和と申すのか　～逢瀬、再び～

主な登場人物

信長公：歴史上の人物

結　迦：見えない世界が好きな女子

プロローグ

今からざっと五百年ほど前、教科書的な日本史の情報によれば、時代は室町時代後期（戦国時代）から安土桃山時代とされている。戦国時代を代表する武将といえば、織田信長公の名を覚えている方は多いと思う。尾張の国（現、愛知県）で生まれ、13歳で元服。桶狭間の戦いで今川義元に勝利。この出陣前に『敦盛』を舞い、若い家臣を鼓舞したともいわれている信長公。

そして、大うつけ、天下人、第六天魔王、天下布武、比叡山焼き討ち等、凄みのある言葉が多く見受けられるが、幼き頃より武士としての感性を磨いたり、馬術をはじめ鍛錬にも相当実直だったようだという、武将の名に恥じない生き方もされてきたこともうかがえる。

琵琶湖の傍らに安土城築城後、全国の大名らによる侵攻から、万能寺[*1]で重臣明智光秀に襲撃され、49歳で生涯を終えることとなった。信長公の遺志はその後、豊臣秀吉や徳川家康に受け継がれ、江戸時代へと歴史は続く。万能寺の変で信長公は自害したということだが、遺体が見つかっておらず、多くの謎を残したままとなっているようだ。

信長公は本当に、万能寺にいたのだろうか……。影武者の可能性はなかったのだろうか。たくさんの憶測がなされる中、真実は、信長公自身だけが知っているのかもしれない。

＊1　歴史文献上は「本能寺」となっている。

第一幕　信長公、語る

俺の名は、信長。死んではおらん。今もこのとおり、生き続けておる。今の時代は、令和と申すのか。此度（こたび）、ひとりの女子（おなご）によってわしは、令和という世界を知ることとなった。世界中を見て廻（めぐ）っておる。楽しませてもらっておるぞ。近江八幡の近くでわしを呼び出したこ奴には、心からのねぎらいを送ろうぞ。

「俺は」などと申すのは、気取りたいわけではない。まこと新しいものには目がないたちでな。気に入れば即、取り入れる性分なのだ。真新しい令和の世に戻ったのであるからたまには「俺」でもよかろう。似合うとか似合わんとか、どうでもよいのじゃ。自分に正直でありたいと思わぬか。

さて、かつて万能寺に火を放ったのはわしだが、俺はごくわずかな家臣と共に寺から抜け出した。里から離れた古い庵に身を隠し、誰の目にも留まらぬよう隠れるようにして、細々と永らえていたのだ。食べるものが十分でなかったせいであろう。家臣がひとり、またひとりと亡くなり、最後に残ったのはわしであった。

いよいよわしも、腹をくくらねばならなくなった。それからというもの、わしはずっとひとりであった。気がつけば、真っ暗闇の世界にいるではないか。声を出すも、答える者なく、他に誰の姿も見ることはなかった。歩けども歩けども、暗闇が続いていた。どれほどの時間が過ぎたのかさえ、わからぬ。そんな折、わしに話しかける声を聞いたのだ。それが、こ奴だった。

こ奴は、「私にはあなたの姿を見る能力がないので、もしも、信長さまが近くにきてくださったなら、見えない私にもわかるように、どうかサインで教えてください」と申すではないか。しゃれクサイ女子じゃ。はて、どうしたものかと思ったのだが……。

こ奴は布団を頭まですっぽりとかぶって、丸まって寝ておったのじゃ。俺は、抱きしめ、瞼に息を吹きかけてやった。驚いておったのう。しかし、抱きしめた瞬間、わしは女子の記憶を思い出したのじゃ。こ奴の魂は、かつて唯一、心から愛した姫と同じではなかろうかと。こ奴は姿が見えないと申したが、別の能力を持っておった。わしの平家の過去を見破ったのだ。なかなかに鋭いと思うたぞ。

次の夜もまたこ奴は、同じように懇願してきた。退ける理由がなかったわしは、姫を思い描いて、こ奴を後ろから包み込むように温めてやったのだ。夜が明け始めた頃、どういうわけか、俺は深く息を吸い込んでいた。それを、こ奴は察知したわけだ。不思議なものじゃな。照れていたのか、恥じらいを隠しながらも、こ奴はうれしそうにしばし大人しくしていたな。

そなたはまさしく、あのときの姫じゃ。わかっておるのか？　わしのこの腕に姫をまた抱けるとは、なんという喜ばしいことであろう。


わしはいったい、なんのためにこの世に生まれてきたのであろうか。暗闇の世界から令和の時代へと参ったわしは、あらためて思う。日ノ本の平和と便利なものにあふれたこの時代を見るにつけ、今もおぞましい事件が存在しておるようだが、人の業は巡るものなのだろうか。今のこのわしに、なにかできることはないのだろうか。こ奴はなぜ、わしを呼び出したのだ？　女子（おなご）の喜ぶ顔を見るのは、実に気分のいいものだがのう。

万能寺から家臣と共に姿を隠すようになり、わしらは、庶民以下の生活を余儀なくされた。着るものも、食べるものもすべて。住まう屋敷さえも失ったからのう。家臣にはまこと、申し訳ないことをしたと思っておる。

許されたいとは思わぬ。むしろ、恨んでくれても構わん。わしは、家臣たちの悔しさ、怒り、すべて受け止める覚悟を持ってきた。どうか、成仏して祟り神とならんことを願うばかりだ。

最後の家臣を失い、本当のひとりきりとなったわしは、木の実や雑草の他、口にできるものはなんでも食うた。伸び放題の髪とひげ、ぼろぼろのむさ苦しい恰好をして、民の家へ米を乞いに行ったこともあったのう。誰も、わしが信長だとは思うはずがなかった。屈強だったわしも、いつのまにかさすがに、身体の自由がきかなくなってきたのだったなあ。気づくと、横になって寝ていることが多くなっていた。静かで、思考することさえ、しなくなっていたかもしれん。

目が覚めてみると、真っ暗でなにも見えなかった。視力を失ったのかと思うほど、あたりを、どこを見渡してみても、暗闇だけの世界であることに気づいたのだ。ここは、いったいどこなのだ。世の中は、どうなってしまったのだ。

声を出し、大声で叫んでみても、わしの声以外、なんの音も聞こえない。これが、無間地獄というものなのか……特に苦しみは感じなかった。腹も減らなかった。ただただ、そこにいた。どれくらいの時間が過ぎたのかさえ、知る由もなかった。わしはどこにいるのだ。どうすればよいのだ。わしはひょっとして、死んだのだろうか。いや、三途の川を見てはおらん。閻魔や餓鬼とやらにも会ってはおらん。現にこうして、わしの身体はあるではないか。手も足も動くではないか。わしは死んではおらんのだ。それなのに、この暗闇はなんんだ。なぜ、光がどこにも見えんのだ。誰か、答えよ。わしにもの申してみよ。

わしはあきらめん。生きることを、絶対にあきらめんぞ。おーー、思い出したぞ。民が得意なことをして自ら豊かになり、民が栄えれば、領土も栄える。無駄な戦（いくさ）がない世を創るのじゃ。誰もが笑って過ごせる世にしたかったんじゃ。無駄な命は、なにひとつない。平和な日ノ本の国を、この目で確かめたかったのだ。ようやくこのことを思い出した信長公は、いつのまにか深い眠りへと落ちていった。

「信長さま、信長さま～」

遠くから微（かす）かに聞こえてくる声を、信長公はキャッチした。それが、結迦（ゆいか）の声だった。

第二幕　やさしい魔王復活

結迦（ゆいか）は、おひとりさまを満喫中のアラフォー女子。一年中日焼けした顔を、勲章の如く受け入れ、海をこよなく愛し、海の生き物との出会いにシアワセを感じるダイバーである。その楽しさを知ってもらえたらとの想いから、ダイビングショップで、女性客をメインに担当していた。年に数回、調査を目的とした水中カメラマンとしての仕事を、引き受けることもあったりする。好奇心旺盛な結迦にとって、その依頼を受けることは、毎回胸が躍るほど楽しみとなっていたようだ。

結迦は日本の歴史に特段、興味を持っていたわけではなかった。結迦の祖父が歴史好きだったようで、実家には、古い書物やら歴史全集やら、たくさんの古文書もあった記憶がある。祖父は、自分の長女には家康公の「康」を、長男には信長公の「信」という字を名前に入れたのである。それくらいに結迦の祖父は、戦国時代の武将に、思い入れがあったということだろうか。その長男が、結迦の父となったのだが、そのことを知ったのは、結迦がかなり大きくなってからだった。結迦自身、真面目すぎる父に、子どもの頃は近寄りがたさを感じていたのだが、大人になってからは、誰よりも尊敬するようになっていた。父親として、また、人としての器というか、圧倒的な人間力があることを知ったからだった。

結迦に戦国時代の遠い記憶でもあったのか、戦国武将という言葉に強く惹かれていた。いつの頃からか、信長公がいた場所を訪れてみたいと思うようになっていた。

ある夏の日、定期的に届く旅行パンフレットを結迦は見ていたのだが、あるページに目が留まった。前から気になっていた安土城址を含む冬のバスツアーの案内だった。一泊二日の旅ではあるが、初日の集合時間に間に合うためには、前泊が必要な場所であることに気づく。それでも、結迦の心は決まっていた。

「よし。これ、申込み決定〜！」

信長さまがいた場所へ、やっと行ける。ひとりウキウキ気分で近江八幡の地へ、想いを馳せる結迦だった。冬の米原って、雪が降っていなかったっけ？　結迦は子どもの頃、新幹線の窓から見えた冬の景色を思い出していた。寒いのかな。でも、真冬ってわけではないから、きっと大丈夫かな。軽いトレッキングのようなハイキングコースらしいことが、パンフレットに記載されていた。山登りにふさわしい恰好ということは、靴を新調したほうがよさそうだと結迦は思った。

バスツアーを申し込んだ後に、新幹線と前泊するホテルの予約も早々に済ませることにした。おっと。新幹線の予約は乗車の一か月前からだから、スケジュール帳に予約日をメモしておかなきゃ。忘れっぽい結迦は、怠りなくメモした。どうやらバスツアーの申込み者数は、難なく最少催行人数を超えたようで、結迦はほっと胸をなでおろした。

「信長さま～、会いに行きますよ！」


ついに、その日はやってきた。前泊のため、結迦は米原へと旅立つ。とっくに陽は落ち、暗い夜道をホテルへと向かう。そこは、静かな街並みだった。通りを歩く人の姿も少ない。コートのポケットに手を入れ、温かい缶コーヒーをカイロ代わりにしていた。「静かだなあ」そう思いながら、結迦はふと、空を見上げた。星空に、まあるいお月さまがきれいに見えていた。

てきぱきとホテルのチェックインを済ませ、部屋へ入る。窓のカーテンを開け、外の景色を確認する。夜景を期待していたわけではなかったが、静かな場所には違いないことに、ほっとしていた。真夜中に近い時間だもの、出歩く人も少ないだろう。明日の集合時間に遅れないように、とっとと寝るに限るねと、バスタブにお湯を溜め始めた。

　お風呂から上がった結迦は、身体が冷めないうちにベッドに入った。喉(のど)が痛くなっても困ると思った結迦は、エアコンのスイッチを切った。ホテルに備えつけの掛布団が薄く、少々不安になったが、あきらめて寝るしかない。そう思った結迦は、頭からすっぽりと布団をかぶった。いや、その前に……。

「信長さまに、どうか私の想いが届きますように。信長さま、お願いがあります。聞いてくださいますか。私は明日、安土城址へ伺う予定の結迦と申します。数年前から、信長さまが過ごされた安土城址をいつか訪れてみたいと、ずっと思ってきました。信長さまのエネルギーを感じてみたい……。ようやくその想いが叶いそうで、うれしく思っています。本当に感じることができるのか、確信はないのですが、その場所へ行けるだけでもワクワクしています。もしも信長さまが、私の近くに来てくださるとしたら、こんなにうれしいことはありません。この声が、信長さまに本当に届いているのかどうかさえもわかりませんが、もしもおそばにいらしてくださったなら、霊能力のない、見えない私でもわかるようなサインで教えていただけましたら、ありがたいです。あなたのことを、なぜだか感じてみたいのです。本当に一方的で、わがまま勝手なお願いであることは承知しています。ごめんなさい。もしも、この願いを聞いてやってもよいと思ってくださるのでしたら、どうかせつにお願い申し上げます。わかるように教えてくださいますか」

こんな夜中にひとり、なんて馬鹿げたことを言っているのだろう……私は。いつもの変人ぶり丸出しで、でもどこかで、信長さまは叶えてくれるかもしれないという微かな期待を持っていたように思う。部屋はすっかりと冷えてきた。結迦は布団を頭まですっぽりとまるっとかけ、仰向けで臥床したのであった。

どのくらいの時間が経っただろうか。結迦の身体は、少し横向きになっていたかもしれなかった。ふと、瞼にふっと風を感じて、結迦は眠りから覚めた。息を吹きかけられたかのような感触に、「えっ？ 今のはなに？たしかに、瞼に風を感じたんだけど」そう思った結迦は、自分の唇を突き出して、息を吹いてみる。数回どうやってみても、自分の瞼に風が当たることは決してなかった。

「これって、もしかして……信長さまからのサインだったらうれしいなあ」そう思った結迦は心の中で、「本当にそばに来てくださったのでしょうか。信長さまと信じたいです。ありがとうございます」と言った。うれしかったけれど、結迦は布団から飛び出すことなく、満たされた心地よさで、ほどなく再び、眠りに落ちるのだった。

翌朝、目覚ましが鳴って起きた結迦は、まだ半信半疑なところもあったのだが、夜中の出来事を思い出しながら、出発の支度をしていた。窓から外を見てみると、快晴で青い空が広がっている。絶好のツアー日和にウキウキする結迦だった。

ホテルのチェックアウトを早々と済ませると、集合場所へと軽い足取りで向かった。結迦は添乗員に名前を伝え、バスに乗り込む。一泊二日のバスツアーが、無事にスタートとなった。

ツアーには、歴史に詳しい研究家の先生が同行されていたので、外の景色についての話や、信長公の話など、バスの中でもとても有意義な時間を過ごすことができた。せっかく話してくださった内容は、ほとんどが記憶に残ることはなく、それでも、参加してよかったと思った。歴史自体には、さほど関心がなかったというか、血腥い話が苦手だったといえばよいだろうか。歴史好きだった祖父自身、戦争で海外へ出兵するも、大怪我をすることなく無事に帰国し、80歳目前で天寿を全うした。父からも祖父母からも、戦争についての話はほとんど聞いたことがなかった。空襲警報が鳴ると近くの防空壕へ行った話は、何度か聞いた記憶がある。出兵のときに持っていったのであろう、日の丸にたくさんの名前?が書かれた布を見つけたとき、祖父はどんな想いで旅立ったのだろうと思うと、遺品の整理をしていた結迦の手が止まった。でも、無事に帰国し、祖父は運が強かったんだなって。結迦が小学生の頃、「満州は寒かったぞ」と聞いたことだけは、覚えている。雪の中を行軍していると、眉が凍ってしまうのだとも言っていたっけ。たくさんの情報があふれる現代において、戦争のことについて想いを馳せてみると、複雑な心境になってしまうのも事実である。

バスツアー初日の午前中は、観光スポットをいくつか廻った。天守閣をイメージした朱色が際立つ駅舎であったり、街並みを散策すると、現代風できれいなのに、どこかロマンを連想してしまったり。天守閣を再現した展示物には、とても驚かされた。目を閉じれば、そのままワープしてしまうのではないかとさえ思われた。

まさに、豪華絢爛（ごうかけんらん）と称される艶（あで）やかな色彩のパワーが、その空間に渦巻いていた。柱や屏風（びょうぶ）などの圧倒的な存在感に、ただただ身を委ねるしかなかった。この場所に信長公は座し、また天蓋から城下を見ていたのだろうか……想像していると、とても不思議な感覚が湧き起こってきたのも事実である。時間的に許されるのであったなら、あともう少し、その場にいたいと結迦は思った。ツアーガイドさんの「はい、お時間で〜す」というバスへの誘導の声かけが、なんともやるせなかったのである。できればもう一度だけでも、あの場所へ行ってみたいと思う結迦だった。

その後、琵琶湖の湖畔でのランチタイムが待っていた。少し強めの風が吹いていたのだが、お天気がよかったため、テラス席でお弁当をいただくこととなった。郷土料理的なメニューのお弁当には、結迦が初めて見る、口にする食べ物もあった。華やかなものを好んだという信長公のために、特産品となったのか、諸説あるようだが、「赤いこんにゃく」はお初の品であった。こんにゃくというよりも、ちくわぶのような食感を感じたものである。旅先での面白体験のひとつとして、記憶に残ることとなった。

いよいよ、目指すは安土城址へとバスは向かった。広い原っぱのような後ろに、こんもりとした山が立つその場所は、青空と木々とのコントラストが美しかった。当時、約三年の歳月をかけて築城されたという安土城は、地下一階地上六階建てで、それまでの城にはない独創的な豪華絢爛な城だったことが推測されている。このお城の城郭、容姿は、信長公の天下布武を象徴し、広く知らしめるためのものだったとされている。しかし焼失により、現在は石垣のみが残り、国の特別史跡の指定を受けている。バスを降りると、原っぱの先に石垣が見え、その先には広い石段も見えていた。ところどころで歴史の説明を聞きながら、徐々に上へと登っていく。落ち葉の上に、小さなヒキガエルの姿を見つけると、結迦はすかさず写真を撮った。まさか、秀吉さんじゃないよね。内心そんな想いを感じた結迦は、ほんの少しの間、ヒキガエルの姿を追っていた。ついついマイペースな結迦は、他のツアー参加者との間が離れがちで、遅れて後を追いかける、そんな光景が多かったかもしれない。

　標高が少しずつ高くなるにつれて、見下ろす景色は広がってくる。太陽の光も柔らかなビームとなって、地面に降り注いでいた。真っすぐに降りてくる光はまるで、葉っぱの一枚一枚を映し出すかのように、煌(きらめ)いて見えるのだった。なんて美しいんだろう。結迦はひとりで喜んでいた。ゆっくりと深呼吸をしながら、山の空気感に安堵していたようである。

山の頂上らしきところには、本丸跡という石碑があった。天主閣址や信長公の木廊(きろう)の石碑も写真に収めた。初めて見渡す琵琶湖はとても穏やかで、夕陽が落ちる前のきらきらと光る湖面を、かつての賑わいを重ねるように、結迦は見つめるのだった。茜色(あかねいろ)に染まったモミジの木々と真っ黄色に色づいて落ち葉となったイチョウの葉っぱも、太陽の光を浴びていて、参加者の目を楽しませてくれた。結迦以外年配の方がほとんどで、皆さん健脚ぞろいのようにお見受けできたものである。ちんたらと歩くのは、体力に自信が持てない結迦くらいなものだった。ダイバーといえど、地上ではスポーツコンプレックスマックスの自負を有していたのだ。ひょんなことから、海への愛が芽生えてしまった結迦だが、人生とはまこと、奇なり。そのことは、結迦自身がいちばん実感しているに違いない。

山を下り、再びバスに乗り込むと、その日の宿泊先であるホテルへとバスは向かった。チェックインの後、小休憩を挟んで、翌日の予定に沿った事前学習のような講義を聞くこととなった。会議室のような広間で資料が配られ、小谷城跡について、当時の戦国史に関する話を興味深く聞いていた。中学生の頃、日本史の先生のことを好きだった記憶が残るものの、肝心の歴史はさっぱりといっていいほど覚えていない結迦には、研究家の方の詳しい話はかなり新鮮なものに聞こえていたようである。

長浜市の五百m弱の小谷山にある小谷城は、浅井家が三代にわたって居城していたといわれている。北近江の戦国武将、浅井長政に嫁いだお市の方は、戦国一の美女といわれた信長公の妹。そして、生まれた三人の娘（茶々、初、江）ゆかりの城でもあった。

領土拡大のために戦を続け、身内を亡きものとし、血腥（ちなまぐさ）い史実を繰り返してきたことは、真実だったのだろうか。戦国時代は、本当に存在していたのだろうか。常に、生きるか死ぬかの切羽詰まった時代からしたら、現代の混沌としながらも生ぬるい、一見、平和に見える世界について、どのように思われるのだろう。結迦はふと、そんなことを思うのだった。

大広間での夕食タイムは、ひとり参加者、ご夫婦、友人同士などのテーブルに分けられ、会席膳が用意されていた。食事中は旅行の話題で盛り上がり、外国の知らない話をたくさん聞けた結迦は、存分に楽しめたようである。ホテルの眼前には琵琶湖があったのだが、夜となっては真っ暗なだけで散歩をする気にはなれず、温泉で疲れをほぐすと早々に横になる結迦だった。

その日も布団の上で、結迦は昨晩と同じように、信長公にお願いをしていた。

「信長さま、今日、安土城址へ行ってまいりました。お天気にも恵まれて、山の上からの景色もよく見れましたよ。天守閣の上から、信長さまはどんなことを感じていらっしゃったのでしょう。ゆっくりと熟睡できたことは、あったのでしょうか。今、どちらにいらっしゃいますか。また今宵も、私のわがままなお願いを叶えてくださいますか。またいらしてくださったら、私でも気づけるようなサインで教えてくださいね。よろしくお願いいたします」

そうつぶやくと、結迦はまた布団の中で丸まって、目を閉じるのだった。静かな、初冬の夜が深まっていく。外はかなり冷え込んでいたようである。

レースのカーテン越しに、夜明け前の空が白みだした頃、結迦の耳はなにやら捉えた。横向きで丸まって寝ていたのだが、頭の斜め後ろあたりで、鼻で息を吸うような音が聞こえたのである。また布団の中で、自分でも数回真似して息を吸ってみるが、明らかに先ほどのものとは異なってい

た。「私の呼吸じゃない。ってことは……信長さまなの？」そう思った結迦は、部屋の空気が冷えていたのを感じたので、

「朝は冷えるので、エアコンのスイッチでも入れましょうか」

結迦がそう言いながら、リモコンに手を伸ばそうとしたとき、

「そうだな」

まさに返事をしたかのようなタイミングで、セットした目覚ましが鳴り響いたのである。このときの結迦の驚きようは、なかなかのものだった。

「えー――。なんなの、このタイミング。怖いんですけど……」

朝方まできっと、後ろから抱きすくめられていたと思うのが、成り行き上妥当かと思わざるを得ない。さすが信長公、大胆すぎというか、なんというか……。

「俺を呼び出したのは、そなただろう。寒そうにしているそなたを見たら、温めたくなっただけだ。なにも怖がることはあるまい」

朝食の時間ぎりぎりまで、結迦は名残を惜しむかのように、布団から出ようとはしなかった。「本当に、信長さまが来てくれたってことなのかな。これは、信じてもいいことなのかな」結迦の頭の中は、果てしなくリピートされていた。

この日も、お天気は快晴で行楽日和となり、ツアー参加者は皆元気にバスに乗り込んだ。向かうは小谷城跡。まあ、ガチで山登りといってよかった。その昔、この道を馬で駆け上がっていたということ？　本丸跡、中丸跡、馬洗池などから、たしかにお城があったのだろうと想像はつく。猛者(もさ)の集団としか思えない、結迦の想像の域をはるかに超えた史実があったに違いない。浅井一族の想いは、昇華されているのだろうか。地面に落ちている赤っぽい石を見てしまったら、この山で地に流された血が、今も地面下に残っているのではないか。そう思うと、ちょっと異質な気分になるのを結迦は感じるのだった。

下山は谷を下ってくるコースだった。かなり急な勾配の箇所もあって、膝に不調のある方には、キツイところもあったようである。なにはともあれ、参加者全員、無事にバスに戻ることができた。この日のランチは、村の集会所となっているお寺さんの広間が会場であった。男衆がほとんどいなくなってしまった、限界集落の高齢のお婆ちゃんたちによる、すべて地元野菜やお米を使った手作りご飯をいただくことになっていた。サラダ・煮物・天ぷらをはじめ、たくさんの郷土料理がテーブルいっぱいに並んでいた。

「たんと、おかわりしてや〜」

屈託のない笑顔で、順番にテーブルを回ってくれていた。皆さん、80歳を超えていらっしゃるとのことなのに、背筋はぴんとされていて、身のこなしもスムーズで、年齢を全く感じさせないお婆ちゃんたちの姿から、やさしくて快活なエネルギーが、あたり一面に放射されていたように思う。

結迦は干し柿を使ったデザートのことが気になって、お婆ちゃんに尋ねてみた。干し柿の中に入っているあんこのようなもの、それを詰めてまた数か月もの間、寝かせておくことなどを聞いているうちに、アツいものがこみ上げてきてしまったようだ。

「そんなに手の込んだものを、いただいているのですね……。ありがとうございます。私も、元気に長生きできそうですね」

新米と自家製の梅干しが、参加者ひとりひとりにお土産として、準備されていたのである。また、とれたての野菜や手作りの佃煮などもお土産用に用意されていて、ほぼ完売となったのであった。なんとも貴重な体験をさせてもらえたことに、結迦は心から湧きあがってくる想いを、丁寧に味わっていた。

別れを惜しみながら外へ出ると、陽は少し落ち始める気配を漂わせていた。お腹もいっぱい、胸もいっぱいな状況で、再びバスに乗り込んだ。駅に着くと、皆さん満足げな笑顔で挨拶され、それぞれ解散となった。結迦は帰りの新幹線に乗り、帰途につく。こうして、安土城址ツアーは結迦にとって、忘れ得ぬ、この上なく満足度の高いものとなったのである。

ツアーから戻った後に、結迦は友人宅へ遊びに行く予定を入れていた。その友人は、幼少の頃から、一般には見えない存在たちが見え、また交流していたという。それがごく普通のことで、当たり前のことだと思っていたとも。その友人は今生、生まれてくる前の過去の記憶を複数持ち、壮絶な人生を体験されていた。結迦はそんな友人と出会ってから、より見えない世界について、今もなお、学ばせていただいている。

安土のお土産を持って、結迦は友人宅を訪れた。部屋に入り、いつものソファーに腰かけると、その友人は、ふと斜め横に顔を向けたのだった。

ほんの数秒後、今度は真下へとうつむいた。なにかを確認しているように、結迦には見えた。気になった結迦は、話しかけた。

「どうか、されました？　誰か、来ているのですか？」

「ええ。お坊さんのような、んん～、黒い装束を着ている方が立っていたんだけど。なにもおっしゃらないから、まあいいわ。ご自分が死んでることを受け入れたくないのか、あるいは、気づいていなかったみたいだったし……」

「えっ？　そうなんですか。どなただったのでしょうね」

その後は、黒い装束を着ていた方のことは忘れて、いつものように、楽しい語らいの時間をふたりで過ごした。結迦がツアー中に体験した、ちょっと不思議な話も、もちろん友人に伝えた。友人は終始穏やかに、結迦の話を聞いてくれていた。以前、友人と話している最中に、結迦の亡き母が現れたり、祖父が登場したりと、面白いことが起きることもあったのである。結迦自身にはその姿が見えないので、ひとりあっけらかんとしてしまうのだが……霊というのは、実は、どこにでもいて、神出鬼没なのかなあと思う次第である。祖父と母の写真を、手帳に挟んで持ち歩く結迦。なぜ、そのふたりの写真だけなのだろう？　無意識的に、なにか心残りでもあるのだろうか。結迦はそれ以上に、深く考えることはなかった。

その友人宅から帰宅した夜、結迦に久しぶりに不思議なことが起きたのである。医学的には「幻聴」といわれるものだ。また、「霊聴」「クレアオーディエンス」といわれるサイキック能力という呼び方もあるだろう。どちらにしても、静まった真夜中に、明らかに声が聞こえたという体験を、結迦は久しぶりにしたのである。

知っている声の場合もあるし、全く知らない初めての声のときもある。そのときは、結迦がこれまでに聞いたことのない声だった。

「ゆ、い、か―……。ずっと、ず――っと……」

とても苦しそうで、呻き声のような、やっと絞り出すようなかすれた声。そんなふうに聞こえたのだった。

「どなたですか？」

結迦がそう尋ねても、なんの返答ももらえなかった。だが結迦は咄嗟に、もしかしたら信長さまかもしれないと思った。「ずっと、ずーっと」と言った信長公のその先を、結迦はひとりで考えていた。なにを言いたかったのだろう。あれこれ考え、想像してみる結迦だったが、そのうちに眠ってしまったようである。

朝になり目が覚めると、「もしかして、私……信長さま、連れて来ちゃった？　いやいや、信長さまが勝手に、ついて来ちゃったんだよね。私、一緒に帰りませんか？　とか、なにも言っていないし。きっと信長さまは神出鬼没のはずだと思うから、移動の距離とかも関係ないんだよね。それにしてもいったい、なにが起こって、どうなっちゃうんだろう」結迦の思考は、フル回転となっていた。

「信長さまだと思ってお話ししますね。私は信長さまを独占したいとか、そういう気持ちは全くありません。せっかくこの時代にいらっしゃったのでしたら、世界中を見てまわって、楽しんでください。信長さまが生きていた時代とこの時代の、諸外国の変化をぜひ、その目で確かめてみてくださいい。呼んだら、きっとまた来てくださいますよね。どうか、自由にお過ごしくださって大丈夫ですよ。信長さまのしたいように、なさってくださいませ」

こんな話、誰か信じてくれるのだろうか。体験しているのは、結迦である。生活が激変するとか、困るとかではない。病的というわけでもないだろう。結迦にとっての現象なだけだ。それは「信長さまを連れて来ちゃった！」と思うしかないという笑い話。別名、第六天魔王とも呼ばれていたお方を、深い眠りからどうやら、この世へと復活させてしまったらしい？

「その朝の寝息ってさあ、それって、夜這いじゃないの？」とその後、知人に言われた結迦。

「はい、その可能性は高いかもですね」

第三幕　世界の果てまで

夜空には、北斗七星といわれる星が存在している。割と簡単に見つけられる星座のひとつではないだろうか。それに呼応するかのように、地球にも存在しているらしい。パワースポットとも、エネルギースポットともいわれる七つの秘密の場所である。ミステリーなイメージが湧くけれど、ホントのところはどうなのだろうか。

☆北米大陸のどこか
☆南米大陸のどこか
☆オーストラリア大陸のどこか

☆日本のどこか
☆ヒマラヤ山脈のどこか
☆イスラエルのあたり
☆アフリカ大陸のどこか

これらの七か所の場所が、地図上で柄杓のように見えることから、そのように呼ばれるようだ。地球内部に都市空間が存在するとしたら、ちょっと覗いてみたいと思ってしまうのは、あまりにも突飛なことといわれてしまうかもしれない。結迦は、そんな変わり者の類であった。

「だって、面白そうじゃない？　未知の世界を見てみたいと思わない？」

私たちと同じような人間がいるのか。動物や植物、自然は存在しているのかとか。全くの原始的な暮らしがあるのか。あるいは、地上よりもずっと進化した未来都市が存在しているのか。そことコンタクトしているごく一部の人類が存在しているのかとか、あれこれ想像してみると、いろんなイメージが湧いてきてしまうのだった。

「行ってみたいか？」

ふとそんな声を、結迦は聞いたような気がした。

「もしかして、あのぅ、信長さまでしょうか？」

少し間が置かれて、言葉が返ってきた。

「いかにも。そうであるが、信長のわしでは不都合でもあるのか」

「とんでもありません……」

驚いた結迦は、言葉が続かなかった。けれど、結迦はうれしくて、ドキドキしていた。

「もうひとつ、お聞きしてもよろしいでしょうか」

「なんだ」

「安土での夜と朝方に、布団の中で私が感じた気配は、信長さまだったのかを知りたいのですが、信長さまで合っていますか」

「そなたが呼んだのであろう。俺は、声を聞いたので近くへ来てみたのだ」

「そうだったのですね。うれしいです。来てくださって、ありがとうございます」

「どれくらいの間、眠っていたのかさえ見当もつかぬが、わしを呼ぶ声で気がついた。名を呼ばれることすら、久しくなかったからのう。礼をいうぞ」

　あの気配は、本当に信長さまだったんだ。その確信を得た結迦は、驚きとありがたいうれしさで、心が溶けそうなくらいに高揚感を感じていた。これからこの先、どんなことが待ち受けているのだろう。またなにか新しいことを、体験することがあるのかな。あれやこれやと想いを巡らせているうちに、いつのまにか結迦は眠りへと落ちた。信長公と結迦のふたりでの、初めての地球地底探検の不思議な旅が、まさに始まろうとしていた。

淡い色合いのシルクの民族衣装をまとった男と女。親子に見えなくもないが、高くそびえ立つ山の中腹で、周囲に広がる圧倒されそうな景色を眺めている。そのふたりは、多次元への扉が現れるのを待っていた。新しもの好き、西洋文化にも触れていた破天荒な信長公の心内は、どんな響きを奏でているのだろうか。その周辺にそよぐ風とふたりのオーラが互いになびき合い、更なる異空間へと徐々に移りゆくのであった。

陽が沈みかける薄暗い時間になると、竜巻のように吹き荒れる風と共に、時空が歪むように、その扉と思える光の環が出現し始めた。

「さあ、準備はよいか。行くぞ、結迦」

「はい」

一瞬、結迦は眩暈のような感覚に陥りながら、その光の環へと突入した。決して離れることのないよう、手をつないだふたりは、環の中の空間に身を委ねた。ほんの数秒の後、一面緑の美しい景色の中に降り立っていた。


ガラスでできた大きなドームの空間の中に、ふたりはいた。

「ここは、いったいどこなのでしょう？」

「ふむ。おそらく……地下都市ではないのか」

「え――――？　地球の地底世界ってことですか？　景色はすばらしいですが、人の姿が見えませんね」

「そのようだな」

周りを見渡してみると、スタンド式の大きな画面があることに気づく。

結迦がその画面に近づくと、「Welcome」とだけ映し出された。

「これは、なんでしょうね」

結迦がそうつぶやくと、

「コレハ　ナンデショウネ。ニホンゴデ　ＯＫデスカ？」

なんと、画面から声がしたのである。

「はい」そう結迦が答えると、

「デハ、ガメンヲタッチシテ、ヒツヨウナジョウホウヲサガシテクダサイ」

「ほほう、なかなか面白そうじゃないか。あとは、お前に任せる」

信長公はそう言うと、そばにあったソファーに埋もれるように座った。

結迦は適当に画面を操作しながら、

「なにこれ、面白い。初めて来た来訪者用のオリエンテーション機能が備わっているみたいです」

そういうと、結迦は必要な情報にアクセスし始めた。

そこはどうやら、小人（こびと）が住む地域？世界だったようである。今の身体の大きさのままでは、ドームの外へは出られないようだ。薬のようなものを服用し、身体をミニサイズにしてからでないといけないらしいことがわかった。八時間毎にひと粒を三回、ふたり分を画面から依頼した。少しして、どこからか物音が聞こえた。その音がしたほうへ近づいてみると、小さなカップに三粒入ったものがふたつ、用意されていた。

「信長さま、これをひと粒食べるみたいです。八時間から十時間おきに追加服用で、小人サイズになるようです。なので、その間はこのドームの中に、いるしかないみたいですよ」

「ほう、それは暇を持て余しそうだな」

それは薬というよりも、意外にも、ナッツに近い歯ごたえと味のするものだったようである。どのように作用するのか、期待だけで味わっていた。

「この場所の情報収集に、ちょうどよいのかもしれませんね」

結迦はそう言うと、再び画面操作を始めたが、眠気に襲われソファーに倒れ込むように横になった。信長公もいつのまにか、眠っていた。

アラームのような音で、ふたりは目を覚ました。その音は、画面からしていた。画面に触れると音は止み、

「ツイカノタブレットヲ　フクヨウシテクダサイ」

「そんなに長い時間、寝ていたってことなのかしら」

「そういうことに、なるやもしれんな」

ふたりで追加のタブレットを服用すると、再度、情報収集をし始めた。

このときのふたりの身体は、ちょうどそれまでの半分くらいの大きさになっていた。だがしかし、ドーム内の様子が、ふたりの変化にまるで同調するかのように、縮小されていたのである。なので、本人たちは、ほとんど気づいていないようだった。なんとも面白いトリックがかかっているようである。

三粒目のタブレット服用のアラームが鳴った。

「これで、タブレットは最後ですね」

「本当に、俺たちは小さくなっているのか、全くもってわからんな」

「そうですね。さあ、信長さま。いよいよドームの外へ、行けますね」

結迦はワクワクしていた。そう思った途端、眠気にあらがえず、またふたりで眠りへと落ちていく。


目が覚めたとき、ふたりは、川のせせらぎのような音が聞こえる草原の上にいた。お互いに笑顔で起き上がると、気の向くままに歩き出していた。ふたりは自分たちが、小人サイズに変わっていることには、まるで気づいていないかのようだった。視界に、こんもりとした森らしき木立ちが現れた。結迦の心は、途端にはしゃぎだし、歩く速度が増していく。

「信長さま、急ぎましょう。誰かに会えるかもしれませんよ」

「まさか、命を狙われるとか、ないのだろうな」

「戦の世は、終わっているはずです。だって、ここに争いのエネルギーを感じませんよ。原始的なのか、最先端なのか、どちらでしょうね」

なにやら、声が聞こえてきた。ふたりは大きな木を見つけると、その陰に隠れ、周りの様子をうかがうことにした。ふたりが目にしたのは、まるでお伽(とぎ)の国の世界そのものだった。白雪姫の本で見たような、そんな世界。妖精も共生する、結迦にしてみたら、夢のような世界だった。青い幻想的な色をした美しい蝶が乱舞していて、結迦はしばらくの間、見とれるほかなかった。「こんな世界があったなんて……本当に、ここは地球の地下なの？」そう思った結迦は、思いきって誰かに話しかけてみることにした。

「こんにちは。ここは、どこなのでしょう？　初めて来たのですが」

すると、身体の中で声が響くというか、テレパシーのようでもあった。

「ここは、ここは第二世界。小人ワールドだよ。地上では、アマゾンからアンデス山脈にわたる地底になる。多次元領域なので、人類が現実的に来ることはできない場所だけれどね」

　小人たちは皆、魔法が使えるシャーマンのようだが、普段は魔法を使うことは、ほぼないらしい。ケガをしたり、ときたまの天候の荒れにより、生活に支障が出た場合にのみ、魔法を使うとのこと。

「楽しそうな世界ではないか。動物を狩ったりするのであろうか」

　信長公は、興味津々な顔で小人に尋ねていた。

「そのようなことは、しなくなりました。稀に、動物が亡くなって間もないとき、恵みとして食べる者もいるようですが、基本、すべて土に還るよう自然のサイクルに任せます」

　原始的かもしれないけれど、そのスタイルが自然なことのように、結迦には思えた。信長公は少し、つまらなそうな表情を見せたが、それぞれの命が、寿命を全うできるのがいちばん理想的ではないか、とも思っていたようである。

「この森の中で、他に美しい場所はありますか」

今度は結迦が、好意的に尋ねていた。

「ええ、ありますよ。私のお気に入りの場所でもいいですか？」

そう小人が答えると、持っていた笛を鳴らし、歩き出した。すると、その笛の音に呼応するかのようにさまざまな音が響きわたり、ふたりはその小人の後を歩いていく。結迦は記憶の彼方で、ある懐かしさのような感覚を感じていた。しばらくすると、大きな四つ足の動物が現れ、三人でその背中に乗り、先へと進むことになった。王者の貫禄を漂わせているその動物は、ゾウとライオンが入り混じっているような外見だったが、とても穏やかでやさしい波動を放っていて、結迦は怖がる様子もなく、背中で心地よく揺られていた。

その後、どんな場所を案内されたのか、結迦は思い出すことができないでいた。目を開けると、現実世界の日常に戻されていたのである。

「あれ、信長さまはどこに？　なんだ、夢だったのかあ。この探検の続きをまたいつか、体験できたら面白そうだな」

のんきな結迦は、なんとなく思った。「どうせなら、七つのパワースポット、全部巡ってみたいかも。それも信長さまが先に、下見をしてきてくださるとかだったら……」そんな都合のよい、いささか図々しすぎることを考えながら、結迦は再び目を閉じた。

日中のふとした瞬間、「信長さまともっといろんな場所へ行ってみたいなあ」結迦の妄想は、果てしなく続いていたようである。また、電車に乗ったとき、窓の外に見える景色の中に、【織田】という看板文字を目にしただけで、「あっ、信長さまが近くにいるの？」こんな風に意味づけしてしまう。そんな結迦のことを、信長公はどう思われたであろうか。

あるとき結迦は、海外にある海底遺跡のあるポイントを潜ることになった。初めての場所で複数のダイバーでの仕事となり、緊張と期待とが入り混じった久しぶりの海外出張であった。専用にチャーターされた船は、大海原の美しい風景の中に浮かんでいた。数日間を海上で過ごすスケジュールのため、出港前には同行仲間との入念な情報共有の時間もあった。

洞窟班と海底班に分かれての作業となった。結迦の担当となったのは、洞窟班のほうだった。どんな岩場か、どんな生き物と遭遇できるのか、すべてが楽しみでしかない。目に映る景色そのものが、地球の断片でもあり、かけがえのない真実である、命の瞬間でもあった。

カメラと機材の最終チェックを終えると、重いタンクを背負い、レギュレーターを咥え、真っ青な海面へと降りていく結迦。海水と一体化してしまう、結迦の大好きな時間の始まりでもあった。

太陽の光を反射する海面の下は、透明度も高く、美しい碧の世界が眼前に広がっていた。

仲間とアイコンタクトを取りながら、洞窟へと向かっていく。近寄ってくる魚たちに、結迦は挨拶しながら至福感に満たされる。洞窟への入り口と思われるその場所は、緩やかな岩壁の中腹にあった。やっとひとりが通れるくらいの、穴の向こう側の世界へと進んでいく。時間と残圧を気にしながら潜行していくわけだが、常に生死の狭間であることに違いはない。それでも、潜るのをやめる選択肢はあり得ないくらいに、海への魅力にとりつかれてしまっていた。そこに山があるから、登っていく！　海バージョンとでもいえるだろうか。

結迦は一瞬、聞きなれない音が聞こえたように感じた。身体の奥深くが振動しているのを同時に感じていた。この感覚、以前にもどこかで体験したような記憶が蘇った。結迦は咄嗟に岩に触れ、静止した。「なにが始まるの?」そう思った瞬間、意識がどこかに飛ばされたようだ。視界が歪んだようになり、秒速で景色が流れていく。

「海底の神殿を発見したぞ。行ってみないか」

この声は、信長さま? 結迦は瞬時に信じた。

「はい、行きます!」

身軽になった身体で手をつなぎ、気づくと、門のような大きな扉の前にふたりは立っていた。巨人が出入りするかのような大きさの扉の両脇には、ウミガメが直立して槍を片手に持って立っていた。大きな石像が……と思ったら、

「お待ちしておりました。どうぞ中へお入りください」

ウミガメがそう喋ると、ギギギッと音が鳴り響き、扉のてっぺんが見えないくらいの高さで、どこまで扉が続いているのか知る由もないが、扉の向こう側へと移動した。ホールのような空間には、放射状にいくつもの道

が分かれていた。誰かがこちらへ歩いてくる。

「事前に、あなたたちのことは伺っております。どうぞ安心して、お好きなようにお過ごしください。どのルートを選んでも、必ずまた扉が現れますが、自動で開きますので自由に行き来できます。それでは、行ってらっしゃいませ」

「ここの場所って、海の中？　海の地下になるのでしょうか？」

「さあな。想念で会話できるみたいだが、半魚人の世界なのか……」

「信長さま、どの道を選んでみますか？」

「真ん中の真っすぐ続く道が、早く着くのではないのか。先は見えんが、この道にするぞ」

「はい」

ふたり並んで、進んでいく。歩き出すと、またびゅんびゅんと景色が流れていくような感覚になっていた。時間から外れているのだろうか。言葉にはできない無数の輝く光の空間に閉じ込められているような、不思議な迷宮にでも入ってしまったかのようだった。

「美しい光であるな。これは幻なのか。でも、そなたも見ているのだろう?」

「はい、見えています。本当にきれいですね。身体が同化してしまいそうです」

気がつくと、ふたりは管制塔のコントロールルームのような部屋にいた。コンピューターだらけ、画面だらけ。機械がいっぱいなのに、無機質な感じはなく、なぜかカラフルな雰囲気の中にいた。半魚人とロボットらしき生命体が、それぞれの持ち場を担当しているようだった。ふたりの存在に気づいたらしいひとりの半魚人が、近づいてきた。

「ようこそいらっしゃいました。ご案内します」

あたりを見回すと、奥にガラス張りのような部屋があり、そこへと案内された。大きいソファーに座るよう促されたので、素直に従った。待っているると、スマートなゴジラ？　かと思う生命体が現れた。どこかで見たことあるかも……そう結迦は思った。

「もしかして、マリンイグアナ？」

「なんだ、まりんい？」

「マリンイグアナって、たしかガラパゴス諸島に生息している生き物だったかと」

結迦は、ネット上で見た写真を思い出していた。初めてその動画を見たとき、思わず「これって、レプテ○○○みたい」と思ったのだが「海の中で出会ったら、そりゃあ驚くだろうね」と笑ったことを思い出した。

「待ってましたよ！　よくいらっしゃいました。第四世界総管理者のグレーンです」

「ここは、第四世界という場所なのか」

「ええ、そうです。第七世界までの中間というか、バランスコントロールをメインにすべての事象を確認しています。この第四世界からは、すべての世界へとつながっていて、行き来することが可能です。また、アカシック的な要素も持ち合わせていますがね」

「海底神殿ではなかったのか？」

「もちろん、神殿もありますよ。ですが、多次元領域なので、言葉ではうまく言い表わせないといったところでしょうか。ちょっと理解しがたいかもしれませんね」

「もしかして、そのお姿は……原初のニンゲンだったことを意味しているのでしょうか」

結迦は、ふと思った疑問について尋ねてみた。

「なかなか鋭いご質問です。しかし、すでに答えを、貴女は知っているはずです。振動している限り、変化・進化しつづけています。やがて、一点の光に還るまで。果てしなく繰り返され、振動が止むことはないでしょう」

「そうなのですね。なんとなく、感覚的に受容できそうです。ありがとうございます」

「信長公は、神殿をご覧になりたいようですね」

「ああ。わしは子どもの頃、川で魚を捕まえるくらいしか知らんからな。船で旅したことはあっても、海の中のことは知らんのだ。ぜひ、見てみたい！」

「ええ、どうぞご覧ください。お城の構造とは全く違う建造物ですから、存分にお楽しみいただけますように。では、担当の者に案内させましょう」

ガラスの部屋を後にして、ふたりは扉の外に出た。また道がいくつかに分かれていた。

そのひとつのルートへと進み出すと、点滅する色とりどりの景色が待っていた。結迦はその光に魅了され、目を閉じても、光を見ていると思っていたようだ。普段の現実世界では絶対に見ることができないレベルの美しさだった。言葉で表現できないものがあることを、初めて自覚した出来事となった。

突然現実に戻され、カメラを持っていた結迦は我に返った。「あれ？信長さまと一緒だったよね。ひとりで海底神殿、探検しているのかな。えっと、ワタシの意識？　うん、大丈夫。ちゃんとここにある。よし、仕事に集中しよう」洞窟の半分くらいを確認したところで、海上へと浮上し、船へと上がった。しばらく休憩時間を仲間と笑顔で過ごす結迦。いつのまにか、美しい光のことも、マリンイグアナのことも、記憶が忘却されていたようだ。

ふとしたなにかのきっかけで、記憶をたぐり寄せることができるのかもしれない。この先、秘密のパワースポット七か所、無事にコンプリートとなるのだろうか。「どこかの場所で、信長さまにとって懐かしい武将との遭遇が待っていたりするのかな」そんなサプライズを期待するのも、悪くない気がする結迦であった。「誰に再会できたら、信長さまは喜ぶのだろう。五百年ぶりに再会できたとして、また、刀を振りかざしてしまうのかしら。さすがに、もう斬り合いはやめてほしいかな。でも、最後を共に過ごした家臣の方たちと、できることなら会わせてさしあげたいなあ」と思う結迦であった。

第四幕　逢瀬、再び

信長公には正室、側室を含めて、九人とか十一人の妻がいたといわれている（史実の記録が乏しく、詳細は不明）。その時代、女性が妊娠し無事に出産するということが、現代に比べて困難だったことから、地位のある大名たちは子孫を残すために、正室の他に側室も抱えていたということであろう。

信長公は、正室だった貴蝶[*2]との間に子はなく、側室だった叶姫（かなえ）[*3]との間に三人のお子を授かったといわれている。叶姫は前夫を戦で失い、実家に戻っていたところを信長公に見初められ、側室になったと。けれども、産後の肥立ちがよくなかったことで、若くして亡くなられたようだ。後に、信長公最愛の女性だったとされている。そして、信長公は、その女性のための菩提寺を建てさせたとのこと。いちばんの寵愛を受けた叶姫のお墓が、愛知県にあるというのを偶然知った結迦は、バスツアーのときと同じく、「行ってみたいなあ」と思うようになっていたのである。不思議な縁に、引っ張られているように思えてならなかった。例えるなら、魂の疼きのようだともいえるかもしれない。

結迦と信長公との逢瀬は、いつも突然に始まる。その出来事を引き寄せる誘因とは、どこにあるのか。時空が交差するのか。あるいはまどろみの途中で、意識のみが、異空間へと誘われるのだろうか。
「そんなことって、あるの？」これは、結迦の素朴な疑問でもあった。日常に追われているときは、割といっぱいいっぱいな結迦。ふっと気が緩んだとき、「信長さまは今、どこにいらっしゃるのだろう」まるで、なかなか会えない恋人のことに、想いを巡らすかのように、結迦はじれったさを感じるようになっていた。見えない、ホントは存在していない方に、執着しても仕方ないのは、わかっているつもりだった。「楽しむを極めたい」いつしか、そう決めていた結迦は、信長公次第なのだと思うことで、運に任せることにしたようである。自分の支配欲を放棄してみたら……ほらね。状況は変化するらしい、現象がやってくるというのを、体験することになった。宇宙の巡りは、速いようである。

結迦は、静かな空間で心を落ち着けようと、浄化と祓いを目的に作った自作のお香に、火を灯してみた。真っすぐに上へと上昇していく白い煙、ゆらゆらと小さく揺れる炎、やんわりと部屋に広がっていく薫り。それらのひとつひとつを五感で、ゆっくり観じていく。すると、薫りに癒されながら、だんだんと意識の次元が変化していくような、そんな感覚を味わうお決まりのコースに、結迦は時間を委ねていた。とても心地よくて、ふわっとする意識だという。恍惚ホルモンが分泌される瞬間ともいえるようだ。


「結迦、たしかそなたは、香をたしなむのだったな」

「はい、お香を創るのも、身にまとうのも好きです」

「香を焚いてはくれぬか」

「いいですよ。信長さまは、どんな薫りがお好きですか」

「邪気を祓い、清浄にしてくれる香を頼む」

「わかりました。では、私が調合したものを焚きますね」

「うむ、任せた」

「ありがとうございます。とってもうれしいです」

「邪（よこしま）なものを祓い、余計なものがそぎ落とされると、残るは、真（まこと）の欲だけになる」

「そうなのですね。私は、頭が空っぽになって、本来の自分自身とつながれるような気がします。でも、信長さまのおっしゃることも、真実なのでしょうね」

結迦は、カウンターの引出しからお気に入りのお香を選ぶと、そっと火を灯した。

少し、部屋の照明を落とす。柔らかな明るさの中に、すーっと煙が立ち上がり、やがて部屋中に重厚な薫りが立ち込める。まるで空間ごと、祓い浄められるかのような清々しさで満たされた。天井へと上昇していく煙は、亡くなられた方の霊魂の供養になり、また薫りは、魂の栄養になるともいわれているのは、ご存じだろうか。原材料になる植物の違いによって、効能・効果も微妙な違いがあるのというのは、漢方だけでなく、お香の世界でも同様なのである。薫りが鼻の中を通って、脳細胞へと直に伝わっていく。時間の経過と共に、意識がぼーっとするような感覚に陥ることもあったりする。結迦は、その感覚を好んでいた。

「ん～、よき薫りだ。昔を思い出すのう」

「どんなことを、思い出されていらっしゃるのですか」

「いちばん愛した女子（おなご）のことじゃ。そやつは、身体が丈夫ではなく、若くしてこの世を去った。幼子を残してな。もっとそばに、いてほしかった。子の成長を、共に見届けたかった。わしにとって本当に、愛おしい存在であった。それは今でも、変わらん。忘れることは、できなかったのだ」

「そのお方は、もしかして、側室であった叶姫さんですか」

「ああ、そうだ。叶姫のことだ」

「信長さまに、こんなにも想いを寄せられて、叶姫さんはきっと今も、おシアワセですね。だって、五百年経っても、ひとりの男性から慕われているなんて、誰にも想像できないことだと思いますよ」

「そなたがそう思うのだな。もっと、近う寄れ」

信長公はそう言うと、結迦をぎゅっと引き寄せ、その胸に抱きしめた。この結迦こそ、叶姫と同じ魂であることを、信長公は知っていた。薫りの中で抱きしめる感触が、更に記憶を鮮明なものにしていたようである。信長公はもう一度だけ、「叶姫」と呼びながら抱きしめたかったようだ。

「信長さま……」

結迦は、信長公の腕の中で、ただただ温もりを愛おしむように、薫りを感じ、安心しきっていた。どれくらいの時間、そうしていただろうか。

「結迦、礼を言うぞ。わしを、深い眠りから起こし、令和の世を楽しませてくれた。今後、新たに生まれ変わることがあれば、次こそ、戦のない、平和で豊かな世を築けるだろうと思う。もしかしたら、平凡でつまらぬ庶民か、あるいは、漁師かもしれんがな」

「そんな……。信長さまらしくないことを、おっしゃらないでください。

一国ではなく、あらゆる国、世界の頂点に、ぜひ君臨してください。これまでできなかったことに、チャレンジしつづけてください。第六天魔王ではなく、お茶目なエンペラーとして、この世に出てくださいませ。そうなったなら、私は信長さまを陰ながらお護りするひとりとして、立候補いたしますよ」

「そうか。なかなかに頼もしいことを言ってくれるではないか」

「ウフフ。新しいキャラでいきましょう。同じでは、つまらないじゃないですか。時代も、姿・形も違う設定、女性として生まれるのはいかがですか」

「いや、俺は男を選ぶ！」

「はい、はい。母君に甘えたいのですね」

「なぜ、そうなる？」

「わかりません。するっとほぼ瞬息で、口から出ました。ふふっ」

「まあ、よい。どういうわけか、そなたにはかなわんな」

結迦は、ふと思ったことを尋ねてみた。

「信長さま、この先いつか、家康さんのお話を聞かせていただけませんか？」

「家康のことか？」

「はい。学校で教わったこと、ほとんど覚えていないんです。でもこうして、信長さまとお話できるようになって、信長さまだけではなく、その時代のことも知りたいなと思うようになってきました」

「そうであったか。家康か。よいだろう。なんでも聞くがよい」

「ありがとうございます！」

「そういう話なら、僕もしっかり聞かせてもらいますよ」

少し離れた場所から、その声は割り込んできた。

「ええっ？」と、驚く結迦。

「その声は、家康本人か？　なぜ、そこにいる？」

「お館さまの声が聞こえたので、そりゃあ、呼ばれれば来ますよ！　いけませんか？」

「別に呼んでなどおらん。勝手に来るな」

「あんた、結迦とかいっていたっけ？」

「はい。本当に、家康さんなのですか？」

「あ〜、そうだよ。僕は家康。あまり煩わしいことに巻き込まれるのは、避けたいところなんだけどね」

　家康公の突然の乱入に、結迦の頭は混乱していた。「目の前にいる家康さん、すごく現代的に見えている。まず、若い。髪の毛は、ちょっと触れてみたくなるくらいにサラサラのヘアだ。そして、服はパイロットを思わせる制服にも見える。これって、どういうこと？　それに、〔それがし〕とか〔わし〕ではなく、ご自分のことを〔僕〕って言っている。ん〜。でも外見的には、家康さんのほうが好みのタイプかも」結迦の心の声は、騒がしくなっていた。

信長公も、「わしの覚えている家康とはまるで違っておるぞ」そう思っていた。

「時代が変われば、いろいろ変わることもあるでしょ。まあ、時代を経て、僕っていう言い方に落ち着いたんだ。こっちの世界では、なんでも自分の思ったとおりに叶っちゃうからね。政宗さんなんて、見た目はブラックジャックだけど、今はエレキギターを操るロックミュージシャンになってるよ。まあ、無理に信じなくてもいいけど」

「私の心の声が、バレバレなんですね。もしかして家康さん、その服装は、パイロットですか？」

「まあね。旅客機もいいんだけど、戦闘機にハマったのも事実だよ。昔の参勤交代を思うと、本当に時代の移り変わりが感慨深いね」

家康公は嬉々として語った。

「戦闘機ですか？　ちょっと、想像が追いつきません。すみません……ところで、政宗さんて、あの独眼竜の……？」

「そう。政宗さんは料理好きが高じて、あちこちに出没しては、地方の特産料理の開発にかなり貢献してきたみたいだよ」

「そうなんですね。武将の皆さん、それぞれ楽しまれていらっしゃるのですね」

もしかしたら……と結迦は思った。「他の武将たちとも、再会できるのではないか。想いは通じる。届くに違いない。戦国同窓会、面白そうじゃない？」そんな期待を、結迦が持ち始めるのに、時間はかからなかった。

「家康さんがこうして、信長さまのおそばへ来てくださったっていうことは、他の武将さんたちにも、その可能性があるかもしれませんよね。もしそうだとしたら、皆さんで一堂お集まりになれるってことになりませんか？」

「お館さま次第だと思うけど。お館さまが家臣を思い出し、どんな気持ちを抱くかで、おそらく、寄ってこられるのではないかと思うよ」

「だったら、ぜひ駿府城で。家康さん、その機会を設けてみるのはいかがでしょう。武将の皆さん同士、ぜひ、楽しい語らいの時間をお過ごしになってください」

「だから、お館さま次第なんだってば」

家康さんは、ちょっとぶっきらぼうに言う。結迦は、信長さまの気持ちを感じていた。本当は、信長さまはうれしいのだと。「きっと、会いたいに決まってる」そう、結迦は思っていた。

「家康、よきにはからえ」

「承知しました。結迦、あんたは参加しないの？　お館さま、いいですよね、結迦も同席して」

「ああ、好きにするがよい」

「本当にいいのですか？　信長さま、家康さん、ありがとうございます！　お香と香木について、ぜひお話をお聞きしたいです」

戦国武将の集い！　結迦の心は、浮き立ってあれこれ想像してしまうが、どう、どう、どう。「とにかく落ち着こう。信長さまのお心次第なのだから」そう思おうとしても、結迦はなんだか、うれしくて仕方がなかった。

「ひょっとして、これもお香の効果だったりするのかな」ふと、結迦の頭をよぎった。でも珍しく、信長公は頬を緩ませていた。こんなに穏やかで、何気ない瞬間を共有できることが、どれほど幸福なことであるのか、信長公はしみじみと感慨にふけっていたようだ。そして、結迦も同じように、安堵したやさしい気持ち、心地よさに包まれていた。

しばらくして、ある日結迦は、信長公になにかプレゼントをさしあげようと考えていた。

「どんなものがいいかなあ」喜ぶ信長公の顔を、結迦は思い浮かべていた。

「そうだ！　信長さまは、たしか金平糖がお好きだったはず……」

信長公に、喜んでもらえそうなお菓子を思いついた結迦は、スーパーへと出かけると、目的のものをいくつか購入してきた。帰宅すると早速結迦は、そのお菓子をちょっぴり可愛めにラッピングしてみた。「信長さまは、どんなお顔を見せてくれるのだろう」すっかり無邪気になった結迦の顔。信長公に渡せる日を、楽しみにしていた。

「信長さま。たしか、金平糖がお好きでしたよね」

「ああ、そうだな。よく知っているではないか。この時代の今も、それはあるのか？」

「はい。今もちゃんとありますよ！」

「そうであったか。それはうれしいのう。ぜひに頼む！　結迦」

「実は、今日、お持ちしました。信長さまにさしあげたくて。こちらをどうぞ」

　そう結迦は言うと、花束風に包んできたお菓子を、信長公に差し出すのだった。

「なんなのだ、これは。金平糖のようには見えぬぞ」

「すみません。信長さま、ひとついいですか」

　結迦はお菓子のひとつを取り出すと、包装紙を外して、すぐに舐められるように信長公に手渡す。

「信長さま。ここを持って、お口に入れてみてください」

「こうでよいのか」

そう言いながら、信長公は結迦に言われるままに、口にしてみる。

「ん〜。なかなかうまいではないか。これは、なんというのだ？」

結迦はちょっと恥ずかしそうにしながら、信長公の頬に「チュッ」と、わざと音を立ててみた。結迦の頬は、ほんのりと染まっている。

「急にどうした？　接吻を望んでおるのか？」

「ちっ、違います！　ごめんなさい。このお菓子はキャンディで、チュッパコロンっていいます」

「チュッパコロン？　面白い名前がついているのだな」

信長公はそう言いながら、美味しそうに頬ばっていた。

「信長さまに喜んでいただけて、よかったです。とてもうれしいです！」

「たしかに、甘くてうまいな。俺は気に入った」

「ありがとうございます。でも信長さま。ひとつ、ご忠告があります」

「なんだ」

「このキャンディは、金平糖のように、一度にたくさん召し上がってはいけませんよ！　とても甘いので、お身体を壊してしまいます。なので、一日に三本以上はダメです。二本までにされてくださいね。約束ですよ」

「なんだと？　たった二本なのか……。随分と厳しいではないか。まあ、よい。言うことをきくとしよう」

「信長さま。あまりに素直すぎて……うふふ。もう少し、駄々をこねられるのかと思っていました。でも、お身体は大事にしていただきたいので、お願いしますね。それから、こちらが、現代の金平糖です」

結迦から渡された金平糖を見て、信長公は、目を大きく見開いた。

「白だけではないのだな。形も変わっておる。まるで、宝石のようにも見えるではないか」

信長公は、金平糖をひとつつまむと、食い入るように見ている。

「あの南蛮菓子が、こんなに洗練されておる。これはさぞや、高級菓子なのだろう？」

結迦はほんの少し、間を置いてから答えた。

「そうですね。和菓子職人さんたちの切磋琢磨によって、行き着いた結果なのだと思います。日本の伝統や独自の技が、それぞれの職人さんたちによって受け継がれ、これからも継承されていくことを願いたいですね」

「かつての家臣たちにも、食べさせてやりたいのう。いや、家臣だけではなく、我が戦に命を預けてくれた者たちやその家族、民すべてに、分け与えたい……」

なんて懐の深い、やさしいお方なのだろう。結迦は、うるうるしそうになるのをこらえて、

「信長さまのそのお気持ちは、きっと皆さまへ届くと思います。そう信じています」

というのが、精いっぱいであった。

まさか。なにゆえ、こんな展開になろうとは、誰が想像できただろうか。

かつて「第六天魔王」として、戦国武将の中でも恐れられていた信長公が、「我こそが、天下人とならむ！」と圧倒的な存在感を示していたお方が、目の前で、チュッパコロンをご満悦な表情で頬ばっているのである。

さて、その後の信長公が、結迦の忠告を守ったのかどうかは、誰にも知り得ないとさせていただこう。

＊2　歴史文献上は、「濃姫・帰蝶」となっている。
＊3　歴史文献上は「吉乃」となっている。

エピローグ

結迦の生活は相も変わらず、スケジュールに追われる日々であった。そのことを嫌がるわけでもなく、すべてにおいて楽しみ、充実した瞬間にしていたのである。出張での仕事で、家を空けることも多くなっていた。ふと気が緩んだときに、信長公のことを思い出すこともあったのだが、心地よい疲労感で眠りへと落ちてしまうのであった。

結迦のそんな生活が続いていたある日、仕事で初めて来ていたオリタ島の海で、あるひとりの青年との衝撃的な出会いが、用意されていたといえばよいだろうか。あろうことか、結迦がつまずいてすっ転んだ場面に、その青年は居合わせてしまったのである。大事なカメラを守りたくて、結迦の転んだ格好は、出来ることなら誰にも見られたくない、そんな体勢をあらわにしてしまっていた。「もしかして、見られちゃったよね……」その青年は、程よく日焼けしたハーフのようなイケメン男子だった。

結迦は、胸の奥でなにかが弾けるようなトキメキを、刹那的に察知した。

「もしかして、見られちゃいましたか」

結迦が動こうとした瞬間、小さな呻き声がもれた。

「目の前でしたからね。それよりも、大丈夫ですか？」

「なんとか、大丈夫そうです。ありがとうございます」

「荷物、派手にばらまいちゃいましたね」

「アハハ～、お恥ずかしい限りです。すみません、本当に大丈夫です。たまにあるんですよ。こういうドジ……」

「もう転ぶのは、今回で最後にしたほうがいいですよ。顔とか怪我したら、大変じゃないですか。痛くて笑えなくなっちゃうかもですよ」

「じゃあ、先に笑っちゃおうかな、フフッ」

結迦はそう言いながら、痛みで顔が歪んでいた。

「あ～、無理しないでください。さあ、立てますか」

青年はそう声をかけながら、結迦に手を差し出した。

「ありがとうございます。ちょっと、待ってくださいね。痛たっ」

恥ずかしさと痛みをこらえ、結迦は差し出された手に、ありがたく自分の手を伸ばした。青年はゆっくりと結迦の手をつかみ、身体を起こすのを手伝ってくれた。

「ありがとうございます。派手に転んだところ、見られちゃったんですね」

「車が通らなくてよかったですね。車が来たら、危ないところでしたよ」

「たしかに、そうですね」

「こちらへは、観光でいらしたのですか」

「いえ、仕事で初めて来ました」

「そうなんですね。僕は両方です！　何度か来ているので、困ったことがあったら、気軽に連絡でもください」
「それはありがたいです。来る前に調べる時間がなかなか取れなくて、ちょっと不安に思っていたので助かります。よろしくお願いします。名前は結迦です」
「僕の名前は、ノーザン・ヤスユキ・マーヴェイ。ヤスユキでいいですよ」

自然体の笑顔が素敵な青年だった。「これってさあ、もしかして、もしかして。偶然の出会いってヤツかな」結迦は内心うれしくて、してはイケない期待を持ち始めていた。

世界は、シアワセだけでできている！

そんな世界の住人でいたことを、結迦は思い出した。「こんな恥ずかしい出会い。いたずらにしては、上等すぎるでしょ。でも、期待は禁物。私はいつもの、普段どおりのワタシでいよう。だって、それこそが、本当のシアワセだから。私をシアワセにできるのは、自分だけ、私しかいない。私のシアワセが、目の前にもシアワセを映し出してくれるんだもの」

さあ。これから、どんな世界を観ましょうか。

さやさやと響く向こうに　～もうひとつの羽衣伝説～

陽が高く昇り、心地よい風が肌をなでていく。泉が湧き出るが如くその美しい湖のほとりには、しばしの憩いを楽しむ女(おなご)たちの姿があった。

「なんて気持ちよいのでしょう。すべてが清まる。そんな気分になりますね」

「本当に。ここはいつ来ても、心安らぐ美しい場所ですね」

「この地上でこその自然。しばしの間、楽しみましょう」

女たちのたわいもない会話が、麗しい声だけに、地上を祓い浄め、心地よさへといざなうが如く響いていた。笑い声でさえもハーモニーを奏で、木々の枝に止まる鳥たちとも、音の響き合わせが始まるのだ。すべてが、美しく調和している。鳥のさえずりも風の音も、揺れる葉のさざめきも、滝を落ちる水の音も、なにもかもが心地よく、満ちた瞬間が続いている。

この空間は、多次元層といわれている。個体が発する振動数によって、見える世界、体験する世界が違うということらしい。視点が変われば、物事の捉え方も変わってくるということだろう。したがって、湖で水浴びをしている美しい女たちの姿が、ちゃんと見える人も、あるいは、目にすることがない人もいるということになるのではないだろうか。なんとももったいないと思うのか、それは仕方のないことと思うのか、あるいは「It's that」と思うのか、各自の自由だ。

旅をしていた若者の僧が、だんだん湖のほうへと近づいてきた。少しの休憩を取ろうと、腰を下ろせる場所を探しながら歩いてくる。腰かけるのにちょうどよい大きさの岩を見つけたその僧は、持っていた荷物を下ろすとゆっくりと腰かけ、目を閉じたまま空を見上げるように顔を上げている。なにを観じているのだろう。若い僧の静かな気配は、その湖一帯に浸透しているハーモニーに共振するように、徐々に馴染み、新たな響きをかもし出していた。

この僧が、わずかでも邪な欲を持していたら、水と戯れる美しい彼女たちの姿を目にすることはなかったであろう。しかし、この僧の目には美しい湖面と共に、あるがままの景色が映っていたようである。「この世の女とは到底思えないほどに麗しいと思うのだが、どこから参られた方たちなのだろうか」僧は心の中でつぶやいていた。

湖のほうへ、走ってくる子どもたちの気配を、僧は察知した。年は五、六才の男児のように見えた。

「助けて！　荒くれ衆たちが、追いかけてくるんだ！」

「お姉さんたち！　早く水から上がって隠れたほうがいいよ！」

野盗集団か、多少お酒に酔っているらしい匂いと共に、男衆が近づいてきた。少しばかり充血した目をぎらつかせ、大声で怒鳴っている。

「おいこら、ガキども！　なめたマネするんじゃねえよ！　とっととさっきの銭、よこせや！」

子どもらは素早く、大きな木の後ろに姿を隠していた。野盗たちは、岩の上にきれいにたたまれて置かれていた美しい布を見つけた。

「見てみろよ。この布、なかなかの上物じゃねえか」

「おう。これは、高く売れそうな品に違いねえ」

「代わりに、これをもらっていくとするか」

野盗たちの会話を聞いていた僧は、

「ちょっと、お待ちください。それは、私が探していたものでございます。知り合いに頼まれまして……湖畔に置き忘れてしまった布を届けるように仰せつかったのです。どうか、その布をお返し願えませんか。その代わりと言ってはなんですが、これで勘弁していただけないでしょうか」

僧はそう言うと、巾着袋に入っていた持ち金を、野盗のひとりに差し出すのだった。

「坊さんよ、こんな金じゃ足りねえんだよ」

「せめて、一枚だけでも返してください。お願いします」

野盗たちは意気揚々と、お金とすべての布を持って立ち去ってしまった。

「お坊さま、ありがとう」

隠れていた子どもらが、礼を言いながら僧の近くへとやってきた。

「あのおじさんたちには、見えていなかったのかな。お姉さんたちのこと」

「ああ、きっとそうだと思うよ。きみたちは大きくなっても、今のように美しいものを見ることができるように、心を正しく持つことを忘れてはいけないよ」

「うん、わかった！　お坊さま、助けてくれてありがとう。でも、お金、全部持っていかれちゃったね。これからどうするの？　おいらたちにできることがあれば、なんでもするよ」

「きみたちが心配することではないよ。さあさ、もう家にお帰り」

「ありがとう。お坊さまも元気でね」

僧はうなずきながら、笑顔で手を振って見送った。

「はて、布をどうしたものか……女たちは困るであろうな」

そうひとりつぶやくと、女たちのいるほうへ向かって声をかけることにした。

「しばしの間、お待ちくだされ。城下へ行って、代用になりそうな布を探して参ります故」

僧はありったけの力を振り絞り、急いで城下の織物屋へと向かった。運よく、顔なじみの問屋の店主がいた。だがしかし、ひとり分の布がどうしても足らず、一枚は浴衣のような着物を選ばざるを得なかった。当然お代は払えず、僧の信頼で後日払いを快諾してもらえたのだった。なにはともあれ、僧はまた急いで、湖畔へと引き返した。

「お待たせいたしました。どうぞこちらを、お羽織りください。ただ、どうしても一枚は浴衣になってしまいました。どなたかおひとりは、堪忍ください。申し訳ありませぬ」

「わかりました。ありがとうございます。では、いちばんの年長である私が、こちらに残りましょう。さあ、あなたたちは、もうお戻りなさい」

自ら年長であると話したひとりの女は、早速浴衣を着ると、僧に尋ねた。

「用意してくださった布で戻れるかどうか。私たちは、天界から参ったものです。もしも戻れなかった場合、布を織姫に頼まなくてはなりません。幸いあと三日後が七夕ですね。それまで、滞在させていただく場所はありますでしょうか」

「それでは、古びた庵ではありますが、私の住処をお使いください。それまで、私にできる限りのことをさせていただこうと思います。布の祓い浄めの祈祷をさせてください。では、早速、参りましょう」

「その前に、この布をまず、湖の水で浄めます」

そう言うと、年長の天女はすべての布を水に浸し、歌を歌い出した。残りの三人の天女たちも合わせるように歌い始めた。なんて清らかで美しい響きなのだろうと、僧は感嘆するのだった。すると不思議なことに、布が光り出し、半透明の輝きを放つ布へと変わっていくではないか。ただ、一枚だけは、半透明には至らずとなった。

「どうやら、二人は戻れそうです。さあ、先にお戻りなさい。そして三日後、織姫を見つけて、二人分の布を織るよう言伝(ことづて)をお願いします」

「元君(げんくん)さま、承知しました。必ずや織姫にお伝えし、布を織ってもらいますね。それまでどうか穏やかに、お過ごしください」

そう言い終わると、二人の天女は布をまとい、空の上へと舞い上がっていった。

残った二人の天女と僧は、暗くなるのを待って、僧の庵へと向かった。庵に着くと、布をまとっていた天女に僧衣を渡し、護摩壇の準備を始めた。僧は夜を徹して、祈祷を行った。先ほどの湖の水による浄めと、護摩焚きによる炎の祓いの効果なのか、布は半透明へと変化した。そして、年長の天女だけが、僧の庵で新しい布を待つこととなる。

七夕当日の夜、織姫は天女から羽衣の依頼を受けたのだが、出来上がりに半年ほどかかることを伝えねばならなかった。それほど、繊細な布が、唯一無二の羽衣となるようである。僧と生活を共にするようになった天女は、すっかりと人間の暮らしに慣れ、仲睦まじい間柄へとなっていた。やがて天女は、赤ん坊をお腹に宿した。僧も大喜びで、生まれてくるのを楽しみにしていたようだ。

織姫の予想どおり、半年後に織り上がった羽衣が、天界から届けられ、天女はひと安心する。けれども、もうすぐ生まれるであろう我が子のことを思うと、天界へ戻ることを、ためらわざるを得なかった。乳飲み子を連れて、戻ることはできなかったのだ。天女は、届いた羽衣を大事に包むと竹籠の中へとしまい、押し入れの奥へ収めたのだった。

「本当に、まだここにいてくれるのですか」

僧は、天女の身を案じて尋ねた。

「はい。赤子を天界に連れていくことはできません。せめて一年、我が子と一緒にいさせてください。このこともきっと、なにかのご縁なのだと思います」

「それでも、一年なのですね。先のことを考えると寂しさを感じます。が、あなたと暮らせる日々を、これまでと同じように大事にしたいと思います」

やがて、元気な男の子が、ふたりの間に生まれた。名は「北斗」と命名された。天界にもこの知らせは届き、祝福の光が庵に降ろされた。約七日間、庵は虹に包まれ、遠く離れた山間からも光って見えていたようである。

こうして、僧と天女と男児の新しい日々が始まった。しかし、村人たちは、僧のことをとても不思議がっていたのである。天女の姿だけが、村人たちには見えていなかったのだ。ある日突然、僧が赤子を育てているのだから、驚くのも無理はないだろう。村人が赤子のことを僧に尋ねても、「この上なく、ありがたいことなのです」と、いつも笑って答えていたようだ。やがて、赤子は一歳の誕生日を迎えることとなった。

僧は、天女との別れの日が、いよいよ迫ってきていることについて、覚悟をしていた。

「天界へ戻る決意は、今も変わっていないのですか？」

「そのことですが……私なりにいろいろと考えてきました。ここで、この子と離れるのはとても名残惜しく、せつなくて、この愛おしい気持ちを断ち切ることはかないません。どうかもうしばらくの間、こちらにいることをお赦しいただけますか」

僧は、驚くと共に、うれしかった。

「もちろんです。いつまでも、どうか一緒にいてください」

北斗はその後もすくすくと育ち、やんちゃ盛りとなった。僧は父親として、教えられることは惜しみなく、また仏の教えも少しずつ説き、我が子ながらの賢さに、頼もしさを感じていた。

あるとき、北斗がひとりで川で遊んでいた。急流のところで体勢をくずし、流され、おぼれかけていたところを、近くを通りかかった年上の少年に助けられた。

「兄さん、ありがとう」

北斗は泣きべそをかきながら、少年へ命を救われたことへの礼を伝えた。

「ひとりで遊んでいたのか。川の水をよく見るんだ。これからは気をつけるんだよ。とにかく、無事でよかった。怖かったよな。がんばって、偉かったな。家は近いのか」

ふたりともびしょ濡れになりながら、少年は、北斗の家へと連れ帰ってくれた。

「母さま、この兄さんが僕を助けてくれたんだよ」

母である天女は、少年に丁寧にお礼を伝えると、お風呂の準備を急いだ。

「おまえの母ちゃん、いっとうべっぴんやな。おらの母ちゃんなんて、とんでもないぞ。

けど、飯はうまいし、やさしいから、おらは大好きだ〜」

少年はちょっぴり照れながら、お湯の中にざぶんと浸かった。

ふたりの会話が聞こえていた僧は、驚いていた。この少年は、天女が見えているのだ。僧は、初めて天女に出会った日のことを、思い出した。あのときの男児なのか……。

お風呂からあがってきた少年に、僧は尋ねてみた。

「きみは、いつかの湖畔で、野盗から逃げてきた男児ではなかったのか？湖で水浴びしていた美しい女たちのことを、覚えているかい？」

「えっ？　うん、うん。怖いおじさんたちに追いかけられて、逃げたことがあった。だけど、なぜ、そんなことを聞くの？」

「私は、あのときの僧なんだよ」

「おじさんが？」

少年はそう答えると、僧の顔を見つめ返した。

「本当だ。あのときのお坊さまだ。あのときは助けてもらって、ありがとう」

「こんなに大きくなっても、北斗の母が、きみには見えるんだね。なんだか、とてもうれしいよ」

「あのとき、お坊さまから言われたこと、おらは今も忘れていないよ」

「そうか。よかった。本当によかった」

ふたりの会話を聞いていた天女は、いよいよ天界へと戻る決意をするに至った。北斗を助けてくれた少年が、今も忘れずに心を正しく持っているからこそ、びしょ濡れになりながらも川へ飛び込み、北斗を救ってくれたのである。そのことが、天女は本当にうれしくて、これからもきっとまた、北斗の成長に、この少年が大切な関わりをもたらしてくれるであろうことを願うのだった。「私の役目も、いよいよこれまで……もう十分、母としての愛を学ばせてもらった」そう、天女は納得し、地上を離れる機が熟したことを感じたのである。

そして、我が子との別れを、どのように伝えたらよいものか、僧と何日もかけて話し合った。真実を信じてもらえなかったとしても、ふたりは嘘をつきたくなかった。摩訶不思議なことも、この世には存在することを、知ってほしいと思ったのだ。

月夜のきれいなある晩、僧と天女は息子の北斗に、これまでのいきさつを話した。母の話をきちんと正座をして、じっと聞いていた北斗は、両目にこぼれんばかりの涙を溜めながら、拳を固く握り、身体を震わせていた。

「母さまは、いつまでも、ぼくの母さまだよね」

「そうですよ。ずーっとあなたの母さまですよ」

天女は北斗を両腕で抱きしめると、しばらくの間、我が子の頭をそっとなでていた。静かにふたりを見守っていた僧の頬にも、温かいものがつたっていた。仲睦まじい親子の、最後の晩をいよいよ迎え、悲しみと寂しさが入り混じる別れの涙が、ただただ、流れ落ちるのだった。

「僕がこれから大きくなって、いつか天に上がることができたら、そのときはまた、母さまに会えるの？」

「会えますよ。そのためにも、どうか、美しい心を忘れないでいてくださいい。あなたの目に、きっと、私の姿が映ります」

北斗はその言葉を聞くと、安心して、いつものように川の字で眠りについた。天女は奥にしまっておいた羽衣を取り出すと、我が子の頭をしばらくの間、羽衣で包んでいた。そっと、やさしく、清らかな声でしばらくの間、最後の子守歌を歌っていた。僧はいよいよ、天女との最後のときを迎えて名残を惜しんだが、笑顔で見送ることに決めていた。天女が着物を脱ぎ、羽衣をまとう。静かにゆっくりと、月の方角へと向けて、天女は空へと舞い上がっていく。

「いつまでも見守ってくだされ」僧は、天女の姿を追いながら祈った。
翌朝、目を覚ました北斗は、いつもと変わらない日常を過ごしていた。小さいときから、父とふたり暮らしの記憶を有していた。さやさやと風が舞う美しい響きと共に……。

完

この童子・北斗は、その後のいくつかの転生を経て、戦国武将「織田信長」となり、歴史上に名を残すこととなるのであった。天女を母に持つ稀なる武将だったとは、想像の範疇を超えているかもしれない。けれども、母の記憶を消し去られた過去、母の愛情を求めてやまない、胸の奥に秘めた焦がれた欲望、それを、無意識に女(おなご)という生命体に、限りなく追い求めてゆく！　そんな気がしてならない。母は永遠に愛という名の命の根源。

すべてを慈しみ、包み込み、また、命を産み出す神聖な役割を、創造主はお与えになったのだと思う。

自らにないものを求める。これは、条理そのものではないだろうか。互いに引き合い、惹かれ合い、新しいものへと昇華されていく。私たちも日々、変化しつづけていると思えないだろうか。目に見えるものがすべてではないということは、誰にでも理解できるであろう。現に、見えない空気を吸って、見えない感情というものに、日常振り回されたりしているのではないだろうか。

それでも私たちは、魂をささやかながらも、日々進化させているのだと思いたい。

あとがき

　最後までお読みくださり、ありがとうございます。この度、再び幻冬舎ルネッサンスの編集チームの皆さまに、多大なるお力をいただきまして、刊行の運びとなりました。心より感謝申し上げます。ひとりの作家として気持ちを新たにしまして、これまでの〝命のヨロコビアーティスト・宙舞えみり〟から〝おおいわ美紅〟へと、ペンネームを変更いたしました。ご理解賜りましたらありがたく存じます。

　私が出会った信長さまは、もしかしたら、お狸さんかお狐さんの化身だったかもしれません。それでもいいと思っています。私の突拍子もない幼稚なお願いに、わざわざ応じてくださったことに、なんのお返しもできないまま、楽しませていただきました。

　信長さま、勝手に呼び出してごめんなさい。でも、来てくださってありがとうございます。

無事に上の世界へ、戻られましたでしょうか。あるいはまた時々、地上の世界に出没なさるのでしょうか。どちらにしても、納得されて、自らの進む道を選択できますよう信じております。結迦が、信長さまから初めて名前を呼ばれたとき、「ずっと、ずーーっと……」の後に、信長さまが言おうとされたこと、言いたかったこと、今なら、なんとなくわかるような気がします。でも、それは……ここでは明かさないことにしておきますね。結迦の胸の内にだけしまっておく、信長さまの真実だと思わせてください。

そして、今回の推敲完了目前にして、前著「Someday,Somewhere!」の物語に登場したイルカさんから、まるでサプライズが届いたかのような出来事がありました。もしかしたら、信長さまの粋なお導きなのではないかと思った次第です。ご縁の不思議さに、あらためて驚いております。まさに、多次元が交差しているのでは……と思ってしまうほどでした。

この瞬間に体験することのみが真実なのではないでしょうか。ひとりひとりが、それぞれの世界・宇宙を生きているということ。誰かと共に過ごすというのは、偶然という奇跡の賜物に違いないのだと思います。どんな体験であれ、愛おしい瞬間を大切にしながら、命ある限りひたすら自分で在りつづけたい。そう願っています。

あなたも、永遠に命を震わせている存在です。どうかその美しい響きに、たまには、ひとり静かに、内なる静寂の中で、聴き入ってみてください。あなたが、あなたとして在りつづけるために。それが「生きる」であり、そのための、命を使う＝使命なのだと思いませんか。

最後に、信長さまからのメッセージを残しまして、ペンを置くことといたします。

命とはなんぞや。光じゃ。
明るいか。それとも、暗いか。少しの違いは、あるやもしれん。
だが、光るとは「照らす」ということに他ならない。
アマテラスとは、そなたたちのことではないかのう。
周りを照らす光であれ。
おのが心に巣くう闇など、本当はどこにもなかったのだ。
今このとき、ここに広がる場所でしか体験できんのであるぞ。
わしは、しかと見届ける！
どの命も等しく、大切にされる世の中を。
ひとりひとりが豊かであり、自ら栄える道を切り拓け。
わしが為したかった世は、きれいごとではなく、泥の中から芽を出し、
誰もが華となる平和で明るい世じゃ。

民も武士も関係ない。富めるも持たぬも違わんのだ。
皆、光であるぞ。あっぱれぞ。

信長

〈著者紹介〉
おおいわ 美紅（おおいわ みく）
元看護師。病院・介護・福祉施設等様々な場で勤務。癒しや真理の学びを経て、命そのものに向き合う。2022年より絵本『虹いろのとびら』、小説『Someday,Somewhere!』、『ここにいるよ』刊行。「命と命の旅」3部作となった（著者名：宙舞えみり）。日本語の素晴らしさと音の神秘な可能性を今後も探求し、多次元な世界を楽しみたく、アーティスト活動を続けている。また、自分らしさ＆個性を軽やかに発揮できる優しい世の中になることをせつに願っている地球lover。

今は令和と申すのか
～逢瀬、再び～

2024年5月31日　第1刷発行

著　者　　おおいわ美紅
発行人　　久保田貴幸

発行元　　株式会社 幻冬舎メディアコンサルティング
〒151-0051　東京都渋谷区千駄ヶ谷4-9-7
電話　03-5411-6440（編集）

発売元　　株式会社 幻冬舎
〒151-0051　東京都渋谷区千駄ヶ谷4-9-7
電話　03-5411-6222（営業）

印刷・製本　中央精版印刷株式会社
装　丁　　弓田和則

検印廃止
©MIKU OIWA, GENTOSHA MEDIA CONSULTING 2024
Printed in Japan
ISBN 978-4-344-94969-0 C0093
幻冬舎メディアコンサルティングＨＰ
https://www.gentosha-mc.com/

※落丁本、乱丁本は購入書店を明記のうえ、小社宛にお送りください。
送料小社負担にてお取替えいたします。
※本書の一部あるいは全部を、著作者の承諾を得ずに無断で複写・複製することは禁じられています。
定価はカバーに表示してあります。